ALFRED GARCEAUD

———◦◦⦂◉⦂◦◦———

LA

CHARENTE

(Fantaisies Poétiques)

———⊶▭⊷———

PRIX: 75 CENTIMES

ROCHEFORT

IMPRIMERIE TRIAUD ET GUY, 72, RUE DES FONDERIES

—

1881

ALFRED GARCEAUD

LA

CHARENTE

(Fantaisies Poétiques)

P·RIX: 75 CENTIMES

ROCHEFORT

IMPRIMERIE TRIAUD ET GUY, 72, RUE DES FONDERIES

1881

I

LA CHARENTE

A travers les riants sites de la Saintonge,
Comme un ruban d'argent, se déploie et s'allonge
    La Charente, au cours gracieux ;
Elle coule, toujours transparente et profonde ;
Sur ses bords, le soleil rayonne, et dans son onde
    Se réfléchit l'azur des cieux !

Elle naît de ruisseaux auprès d'une montagne,
Et court, petite encore, à travers la campagne
    D'un beau pays : le Limousin,
Entre dans l'Angoumois, où la verdure règne,
Souriant aux hameaux que, joyeuse, elle baigne,
    Puis va vers un pays voisin.

C'est ainsi qu'en sa course elle arrose Angoulême,
Divise·en deux Cognac, traverse Saintes même,
    Ondule au pied du château-fort
De Taillebourg, jadis sentinelle vaillante !
Puis, en s'élargissant, passe à Tonnay-Charente,
    Et puis arrive à Rochefort !

C'est là qu'elle est vraiment superbe et gracieuse :
Ses flots disent des chants de sultane amoureuse,
    En venant mourir sur le bord ;
Comme elle, ils ont des mots qui charment et séduisent,
Et comme elle, en la nuit, quand les étoiles luisent,
    La Charente, calme, s'endort !

La lune, en miroitant sur ses eaux somnolentes,
Jette sur les flots bruns des lueurs éclatantes :
    L'ombre s'unit à la clarté ;

Et, descendant du ciel, un filet de lumière
Vient se baigner dans l'onde, et donne à la rivière
    Un rayonnement argenté...

Mais, dès que l'aube naît, le mystère s'efface :
Les barques de ses eaux effleurent la surface,
    Plus vives que le goëlan ;
Et, bientôt, sous l'effort d'une brise puissante,
Les navires, quittant les bords de la Charente,
    Cinglent à travers l'Océan !

II

A VOL D'OISEAU

Chéronnac.

Voilà l'endroit précis où la Charente naît.
Pendant un jour entier je m'y suis promené,
Sans pouvoir y trouver rien de bien remarquable :
C'est un petit village aux autres tout semblable.
La Charente pourtant quelque peu l'embellit,
Et ce petit ruisseau coquet, mignon, joli,
Me laisse deviner qu'il grandira bien vite...
Aussi, comme je veux le voir fleuve de suite,
Je cours, à vol d'oiseau, jusqu'à Saint-Yrieix.
D'ici, l'on peut, en barque, aller à l'île d'Aix...
Si j'osais...... A quoi bon ? Mon projet doit se taire,
Car, pour bien explorer, il faut rester sur terre !

III

POINT DE VUE

Angoulême.

Un grand roc, au milieu d'une plaine fertile,
S'élève, recouvert de nombreuses maisons :
De tous côtés, on voit des habitations
De la base au sommet, où se dresse la ville.

De loin, il semblerait, en voyant la cité,
Embrumée, entre ciel et terre suspendue,
Qu'elle plane dans l'air, capricieuse nue,
Ou que c'est du repos le pays enchanté.

Mais, en s'en approchant, on reconnaît bien vite,
Par ses usines dont les tuyaux vers les cieux
Montent, qu'en la cité tout est laborieux,
Et que de la paresse elle n'est point le gîte.

Car, en effet, malgré ses sites embaumés,
Angoulême possède un peuple qui travaille :
On y trouve partout, sur quelque point qu'on aille,
Les traces d'un labeur qui ne tarit jamais !

IV

13 MARS 1569

Jarnac.

Date sinistre ! Là, sur la place où je rêve,
Eut lieu cette bataille où Condé succomba :
Papistes, huguenots, acharnés au combat,
Dans ce duel à mort ne voulaient point de trêve !

Là, près de Coligny, du duc d'Anjou rival,
Condé dit à sa troupe : « En avant ! du courage ! »
Impassible, on le voit au milieu du carnage ;
Bientôt, blessé lui-même, il tombe de cheval !

Dans un dernier effort, à grand'peine il se lève,
En répétant à ceux qui restent près de lui :
« Devant les ennemis, jamais Bourbon n'a fui ! »
Il veut lutter encor, mais Montesquiou l'achève !

Et le corps du guerrier reste aux mains des vainqueurs ;
On profane sa cendre en faisant grand tumulte,
Et chacun tour à tour lui prodigue l'insulte,
Au milieu des lazzis et des propos moqueurs !

. . . .

A Jarnac, aujourd'hui, l'on ne s'occupe guère
De ce qui fomentait les haines d'autrefois,
Et pourtant, par instants, on entend dans les bois
Quelque merle railleur siffler ce fait de guerre :

> L'an mil cinq cent soixante-neuf,
> Le grand ennemi de la messe
> Fut porté mort sur une ânesse,
> Entre Jarnac et Châteauneuf !

Mais ce n'est qu'un écho se perdant dans l'espace.
Sur le sol où Condé s'affaissa, l'herbe croît.
Et, seul, le penseur vient visiter cet endroit
Où, grâce à Dieu, le sang n'a pas laissé de trace !

V

PROMENADE

Cognac.

Faisons dans Cognac une promenade,
Marchons, s'il le faut, du matin au soir.
Mais donnons un but à cette escapade :
Ce sont les beautés que nous allons voir.

La première halte est pour une église
Dont le beau portail attire les yeux ;
Le clocher roman est fort à ma guise,
Et son petit faîte est très gracieux.

Nous voyons ensuite, au bout d'une rue,
Un carré de terre où gît à l'étroit
De François Premier la bonne statue,
Reproduisant bien les traits de ce roi.

Puis on voit, plus loin, des maisons antiques ;
Toutes, elles sont construites en bois.
Elles ont aussi de petits portiques,
Comme on les faisait au temps d'autrefois.

Et d'un vieux château la masse imposante
Paraît, sans avoir perdu l'air guerrier.
Il est élevé près de la Charente :
C'est là le château de François Premier.

Une chose encore embellit la ville :
Le Parc, qui, jadis, tenait au château.
On doit avouer qu'il est difficile
De trouver ailleurs un jardin plus beau !

Les grands monuments à Cognac sont rares :
Allons, pour finir, voir couler les eaux
Du fleuve, où souvent passent des gabarres,
Qu'on charge aujourd'hui de rares tonneaux.

D'être visité, rien de plus n'est digne ;
Pourtant, la campagne est belle partout,
Mais bien triste aussi, car l'immense vigne
Ne produit plus rien, hélas !... Et c'est tout !

VI

AU PIED DE LA STATUE DE PALISSY

Saintes.

De Bernard Palissy le visage sévère
Se présente à mes yeux, par la foule admiré.
Cet homme qu'a-t-il fait pour être vénéré,
Cet homme qui me semble un humble mercenaire ?

A-t-il de la cité présagé la grandeur ?
Était-il avocat, poète ou capitaine ?
A-t-il donc parcouru quelque terre lointaine,
Sans crainte des périls, ardent explorateur ?

A-t-il, par un talent rayonnant sur le monde,
Célébré les beautés du progrès éternel ?
Ou sauvé son pays, nouveau Guillaume-Tell ?
— S'il n'est rien de cela, qu'a-t-il fait ? qu'on réponde !

— C'était un artisan simple, modeste, obscur ;
Il a passé sa vie à résoudre un problème ;
Il n'a fait que cela ; ç'est pour cela qu'on l'aime,
Que sa gloire produit un rayonnement pur !

Si l'on admire l'art de la faïencerie,
Ce bel art dont il a pénétré le secret,
Et que l'homme, sans lui, peut-être ignorerait,
On admire encor plus l'effort de son génie ;

Car on l'a vu de faim, de fatigue épuisé,
Mais l'esprit éclairé par une foi sincère,
Brûler jusqu'à son lit, croupir dans la misère,
Pour arriver au but qu'il s'était proposé !

VII

LE CHATEAU-FORT

Taillebourg.

Ce n'est qu'une ruine ! Et pourtant, autrefois,
On y vit des hauts-faits qu'enregistra l'histoire ;
Là, bien des chevaliers recueillirent la gloire
Dans de sanglants combats, dans de fréquents tournois.

Le carnage et la mort passèrent bien des fois
Au pied de ce château de célèbre mémoire,
Et Louis Neuf y vint apporter la victoire :
Les murs portent la trace encor de ses exploits !

Mais les siècles sur eux ont jeté le silence ;
En vain, quelques débris restent debout encor,
On ne leur trouve plus ni grandeur ni puissance ;

En ces lieux aujourd'hui règne un calme de mort,
Car le temps a détruit l'antique château-fort,
Dont peu de chose, hélas ! rappelle l'existence !

VIII

DU HAUT DU PONT

Tonnay-Charente.

Dans ce charmant pays que la vie est tranquille,
Que l'on y passe aussi de fortunés moments !
Car Charente possède, entr'autres agréments,
Celui d'être à la fois campagne autant que ville.

D'un côté, c'est le fleuve avec ses grands vapeurs,
C'est le bruit incessant des tonneaux qui s'arriment,
C'est le superbe quai que des chansons animent,
C'est où s'agite enfin l'essaim des travailleurs !

Mais, à cent pas de là, c'est la belle nature,
C'est la campagne heureuse où tout s'épanouit ;
C'est le rayon qui parle à l'âme et l'éblouit,
C'est le calme divin sans trouble et sans murmure.

Et, dans un seul regard, l'œil peut embrasser tout :
Les champs fleuris, les bois, les quais et la rivière,
Et contempler ainsi ce petit coin de terre,
Où le parfait bonheur semble régner partout !

IX

COUP D'AILE

Rochefort.

Je voudrais te chanter, ô ville,
Où la vie est douce et facile,
Mais, hélas ! la muse indocile
Ne fait pas tout ce que je veux ;
Force m'est — malgré mon courage —
De remettre à plus tard l'ouvrage,
Convaincu que cette volage
Se rendra bientôt à mes vœux.

Dans tes murs elle vagabonde ;
Ma raison bien souvent la gronde,
Mais la muse aime à voir le monde :
Le repos ne la séduit pas.
Je vais donc courir après elle ;
Quand j'aurai trouvé la rebelle,
Pour te voir, ville toute belle,
Je n'aurai qu'à suivre ses pas !

Et déjà ma verve s'allume,
Dans ma main s'agite la plume...
Je pourrais faire un gros volume,
Si j'osais, sur ce que je vois.
— Mais je crois que je déraisonne.
Quel travers dans lequel je donne !
Rochefort, oublie et pardonne,
Ce sera pour une autre fois !

*
* *

Oui, plus tard, je ferai ce qu'aujourd'hui je n'ose,
Plus tard, mes humbles vers te seront consacrés,
Cité, dont je voudrais, avant tout autre chose,
Célébrer dignement les charmes ignorés !

*
* *

Mais la muse est toujours errante,
Et la rime est récalcitrante :
Il faut mieux suivre la Charente,
Sans songer à perdre du temps.
A rêver ici, tout m'engage,
Mais ce n'est point un parti sage,
Car il faut finir ce voyage,
Commencé depuis trop longtemps !

- Eloignons donc cette pensée :
Vers Fouras la route est tracée ;
Je puis faire une traversée
Magnifique en petit bateau ;
A partir, la barque s'apprête ;
La Charente a fait ma conquête...
— Adieu donc, ô ville coquette,
Rochefort, salut ! A bientôt !

X

EN BATEAU

De Rochefort à Fouras.

Nous sommes sortis du port de commerce ;
Un peu de fatigue il nous en coûta ;
Mais ce n'est pas tout : il faut qu'on traverse
Encore un grand port : celui de l'État !

Quel ennui pour la marine marchande,
De voir la Charente ainsi sous verroux !
Et je comprends bien, moi, qu'elle demande
Qu'on fasse un canal jusqu'au Vergeroux !

Cette traversée est pourtant rapide,
Et puis, on peut voir, du coup, l'Arsenal ;
Mais cela n'en est pas moins insipide,
Et prouve qu'on doit faire le canal !

Rochefort prendrait bien plus d'importance,
Ses bassins seraient d'un plus grand rapport,
Si l'on abrégeait bientôt la distance
Qui met l'Océan si loin de son port !

Ce fameux travail se fera, sans doute,
Car ce n'est point là le rêve d'un fou...
— Mais notre bateau, poursuivant sa route,
Fait à nos regards paraître Martrou.

C'est là qu'au moyen d'un bac incommode,
Rochefort avec Royan correspond ;
Quand changera-t-on cette vieille mode ?
Quand y verrons-nous s'élever un pont ?

Bientôt ou jamais? Qu'au moins on le dise!
Depuis cinquante ans languit ce projet...
— Nous voilà déjà rendus à Soubise :
Il est temps de prendre un autre sujet.

Ici, l'on pourrait évoquer l'histoire ;
Soubise jadis eut un sort brillant :
On y voit encore une maison noire
Qui fut le château des ducs de Rohan !

Après un détour que fait la rivière,
Dans l'horizon bleu le Vergeroux point...
Cet endroit possède une poudrière
Que des artilleurs gardent sabre au poing !

Le fleuve devient, ici, large, immense :
Les plus lourds vaisseaux y peuvent tenir...
— Mais notre bateau lentement s'avance...
La fin du trajet est longue à venir !

Et pourtant les flots se frangent d'écume ;
La mer est tout près et nous tend les bras...
Saint-Laurent déjà se perd dans la brume...
Nous arriverons bientôt à Fouras !

XI

AU FLEUVE

Fouras.

Tu viens te perdre ici, dans l'Océan immense,
O Charente : à la mer doit s'arrêter ton cours ;
En Saintonge, tu fais un assez long parcours :
Ton rôle doit changer où l'infini commence !

Depuis la Haute-Vienne, au milieu du silence,
Dans nos champs embaumés, radieuse, tu cours.
Et tu vas à la mer apporter le concours
De tes flots qui jamais n'ont eu de violence !

O fleuve ! tu subis ainsi le commun sort ;
Toi, qui baignes sans bruit Cognac et Rochefort,
En serpentant au sein d'une terre si belle ;

Tu ne fais que passer, — et c'est là ton destin ;
Mais, venant t'abîmer dans l'Océan sans fin,
Ainsi que lui tu prends une vie éternelle !

Rochefort. — Imprimerie TRIAUD et GUY.

Du même Auteur :

Aubépines et Lilas, sonnets. — Marennes, 1876.

Excursions dans l'arrondissement de Marennes. — Marennes, 1877.

Feuilles mortes, poésies. — Parthenay, 1878

Fleurs de Printemps, poésies. — Parthenay, 1879.

Notice sur la Ville et le Port de Rochefort. — Saint-Jean-d'Angély, 1879.

Petite Notice sur Rochefort. — Rochefort, 1879.

www.ingramcontent.com/pod-product-compliance
Lightning Source LLC
Chambersburg PA
CBHW061523170626
46811CB00004B/1818

* 9 7 8 2 0 1 1 3 2 5 9 9 0 *